KB210256

윤사순 제7시집

참 회 록

윤사순 제7시집

참 회 록

생각나눔

어지러운 세태 속에서 무슨 일인들 차분히 할 수 있을까만, 원고지에 좀처럼 손이 가질 않는다.

밖에 나가기 싫으면 문갑이나 뒤적이는 버릇, 그동안 던져놓은 글 뭉치를 들추었다. 아직 많이 부족하구나 싶었다.

하지만 이런 때일수록 '자기반성'이 필요하다는, 아니 진작에 했어야 할 '참회'를 잊었다는 만시지탄을 하게 되었다.

뒤늦은 자성이자 참회라는 판단이 내용과 분량의 보충에 신경 쓸 여지를 주지 않았음을 밝힌다.

2024. 12. 19.

윤사순 삼가 적음

둘째 편 | 자기 성숙을 바라며

셋째 편 | 남과 함께하면서

넷째 편 | 마음 깊이 참회한다

아름다움에 취해

길가의 꽃 한 송이

나그네에 손짓하는

노—란 꽃 한 송이

길가의 너

바람모질 모른 게로구나

아는 거라곤

눈길 끄는 재주뿐이더냐

그래도 기특하달밖에

미소를 익혔으니

햇살 닮으려다 익힌

너의 그 진노랑으로 내는

밝은 미소

그건 너만의 특권일 듯

아 그래

하—얀 나비와 꿀 사랑 나눈

너만의 눈짓 선물이려니

2024. 6. 14

봄바람

매화 앞세운 계절

엷은 햇살 살며시 손등에 내리자
물안개 지우며 하품하던
대지도 몸을 틀었지

찬 바람 헤치고
언 몸 녹인 숨결
포근하더니

고운 기운
진달래 개나리 피우곤
벚꽃 흐드러지게
철쭉마저 화사하게
신바람이었거니

봄 넌 어느 틈에 챘더냐

꽃받침에서 잠 깬 잎순

연두인 것을

아 너의 꽃바람은 어이 하고

연초록 색감에

어찌 떼 바람 되어

훌쩍 떠날 수가 있다더냐

시인의 휘파람에선

봄비의 가락이

아직도 촉촉이 젖어드는데

2024. 4. 8.

눈 맞춤

잔설 제치고 나온 새싹

연두

강추위 견디느라 뼈만 남은 나목

무슨 기운으로

이리 예쁜 아길 낳았을까

싹의 매끄러운 빛깔

독차지한

눈 맞춤을 누군들 알랴

연초록 단색

꽃들의 화사함을 겨냥했던가

그 화사함 돌려내곤

부끄럼 타는

햇살 꽂힌 아기 이파리들의

싱그런 색감

비단옷 속에 감춘들

신비로이 비칠 몽환이려니

2024. 4. 26.

녹음의 향연

칠월에 하나 더한 달

눈부시게 쏟는 햇살을

아름으로 받는다

장마가 넘쳐나고

더위가 불곰의 숨통 막으려 들면

풀들은 나무보다 웃자라고

나무들도 기를 쓰며 하늘을 찌른다

녹음이 솟구치는 젊음에 겨워

아귀 떨어지게 웃다간

숲속으로 곤두박질이다

바람결 타고 귀청 때리는

매미들의 고음에

아지랑이 이는 환상이

춤을 춘다

때 놓칠세라

물결치는 싱그런 초록

긴 기다림 끝에 님 맞듯

반길 줄 알아야 즐길 줄 안다

진초록 너울 쓰고

지칠 줄 모르는 녹음 따라

덩실거리던 세월 사라진 자리

언제 늙는다더냐

갈 데가 어디라더냐

2024. 8. 2.

달빛 향기

한잠 밀치고
달빛 가락 되어 흐르는
시(詩)의 강에 잠긴다

별들이 은하수 타고
안기는 바다 마음
바랄 게 뭘까

하늬바람 밤 향기 떠 오는
청아한 정취
벅차고 아깝거늘
뉘와 어이 나누랴

어둠 사라지기 전
은은한 달빛
통째 단꿈으로 옮겨준다면야

2024. 11. 29.

꽃 마음

담장 위에 꽃들이
북새 떨면

골목의 고적 즐기던 길손
눈총 단속에
잔 시름 잊는다

어제는 나풀거리는 나팔이더니
오늘은 가시 미인 넝쿨장미다

단명 연약한 기질도
타고난 가시 체질도 상관없더라
같은 아름다움이면야

하지만 둘이 함께 텃샘하다간
약한 건

어찌 얼굴만 상하랴

불행한 짓거릴 피해 서로
때 가림부터 한다면
마음 씀씀이도 너넨
천생 꽃이겠구나

2024. 6. 6.

이팝 꽃

철쭉 앉던 자리에 우뚝 선 이팝[1]
조팝은 어디 두고
왜 홀로더냐

가난이 앞을 까맣게 막던 시절
보릿고개 넘느라
안간힘 하다 하얗게 된 너

송이마다 배고픔이 다발이던
시린 슬픔을
어이 잊겠냐만

이팝 조팝 착각하게 하던 한을
한 가객의 빼어난 고음에

---

1) 이팝: '입쌀(멥쌀)로 지은 밥(쌀밥)'의 방언

실리더니

너도 이제는 꽃다이 웃는구나

2024. 4. 30.

아름다운 아픔

어떨까
꽃 없는 세상이라면

뭐라
입맛 떨어질 소리를

목숨과 연결된 입맛
아름 새기는 눈맛과
이웃 사이니

꽃 없음, 영혼 안정시킬
향기를
한눈팔다 날린 꼴이겠지

시들어지는 꽃 보기도
날밤 없이 그리던 님

세상 떠난다는 소식 들긴 것을

이런저런 구실로 안겨주는
다발꽃
꺾인 아름다움 역시
또 다른 아픔이거늘

2024. 11. 18.

가을 그림

지금쯤 설악 골짜기엔

빨간 단풍잎 하나 둘

사금파리 물에 떠 맴돌이로 흐를 거다

계절의 몸짓

인적 없는 곳에

신선의 물감으로 그린 비경(秘景)

맨 먼저 맞을 눈 밝은 이 누굴까

노루일까

산양일까

시인을 초대하면 어떨까

바람 타

자라목으로 있을 그

오자마자 넋 놓겠지

너나없이 통째로 어우러지는

온 뫼 무르익어 보배로운 광채

실경(實景)²⁾ 진경(珍景)³⁾인 것을

2024. 10. 5.

---

2) 실경(實景): '무르익은 경치'이란 뜻

3) 진경(珍景): '보배로운 경관'이란 뜻

가을 자취

지루한 무더위
끝자락마저
어름 냉풍과 엉킨다

설악에서 피어나
내장에서 만개한다는
불타는 단풍은
공중에 뜬 풍문이었을 뿐

일감 손 턴 나그네
정처 없이 서성이더니

길 위에 떨어진 노–란 은행잎
옆에 하고
가을을 곁눈질한다

2024. 11. 5.

눈 누리

어제 밤 꿈길에 없던
눈이
하얗게 내렸다

선녀의
백의(白衣) 치마폭을
어이 가없이 펼쳤을까

어린 날 누나의 포근한
미소련가

꽁꽁 언 곱은 손으로 꾸린
눈사람은 어디 있나

티 없이 고운 뭉게구름 내려

뉘 보라 일군

꽃누리일까

2024. 11. 30.

새 날

눈 뜨기보다 먼저 밝았구나
마음 열긴 어려워도
들창 열기야

해는 어제처럼 뜨겠지만
바람 소리 구름 모양은
또 달라졌구나

무슨 요일인가
백수에게
공휴일이 무슨 상관일까만

일기장 새 쪽에 앉을
오늘 하루가
하−얗기만 하구나

우편물처럼 날아들어

아직

따지 않은 날이니

2024. 6. 5.

둘째 편

자기 성숙을 바라며

빚쟁이

구십 줄에 턱을 걸었으니
주머니에 쌓인
세월 꺼내
한 생애를 결산해 볼 일이다

알게 모르게 신세 진
따끈한 진국의 손길들
셈법 코웃음 칠 빚 중의 빚
사랑 빚이었다

넋을 앗던 아름다움
별빛 같아 우러르던 숭고함
예까지 살게 한 유혹이었던가
길잡이였던가

같잖게 웃기던 성취감보단

눈물 콧물 빼던 고갯길들이

내쳐도 처지지 않고

기운만 바닥나게 하던 동반자였다

뒤집어본들 분명한 건

세월 홀림에

인생을 착각한

길손의 빈 주머니라는 사실

남은 건 더미로 쌓인 빚뿐이다

2024. 12. 10.

헛기침

할머니는 부처님을 모시고 살았다
할아버지가 신여성에게 간 탓
부처님에게 기도하던 말씀 중
귓전 울리던 건 늘 같았다
"아무개 무병장수하여
크게 되도록 해주십사"
하나뿐인 손자 어릴 적부터
병마로 시달렸으니 그럴밖에
애절할 만큼 간곡한 기도였다
결코 가벼이 여길 수 없는 큰 사랑
뒤늦게 안 손자
지금 90줄이니
병마의 후유증 말끔히 털진 못했어도
장수는 한 셈이다
또 하나 '크게 됨'이 뭔지 분명치 않지만
그분 안목으론 그리되지 않은 게 확실하다

떳떳이 내 소망대로 산다고

초라하게 밟아온 자취

너무 볼품없다

할머니 뵐 낯이 어디 있겠나

가슴 저려오는 회한을

잦은 헛기침으로 채울 모양이다

2024. 7. 4.

고독의 행방

새벽 눈 감은 채
뒤척인들
허허로운 자리다

체감 따라
묵은 물 빼고 새 물 켠다

누었던 데 기대어
시간 살핀다

초침 따라 밀려드는
고적(孤寂)과 함께
꼭지 따지 않은
하루를 딴다

확인되는 건

투명한 유리상자라는 거

그 안에서도
행방 잃은 고독(孤独)이
두리번거리고 있다는 거다

어둠 자락에 걸린
적막한 그 고독이

2025. 1. 28.

지우개

세상에 마음대로 안 되는 일이
한둘인가

벽에 가로막힌 답답함
실패의 쓴맛
불행이자 고통이지

선의에 대한 운명의 배신은
슬픔보다 더한
억울함이더라

억울함에서
울화 터지고
울화에서
한 맺히고 죽음이 기다리고

울화 끄고, 한 지울
소방차 지우개는
없을까

뒤지고 뒤져
인간에서 나올 게
뭘까

답은 딱 한 가지
차분히 앉은 마음이 낼 '슬기'
슬기보다 더한 뭐가
있겠나

오답인가 우답인가
우답일 거다

2024. 9. 28.

독 백

자신이 싫어진다
지난날의 잘못 뒤늦은 깨우침이
괴롭다

떠난 기차 바라보며
뇌는 회한을
어찌해야 할지

먹고 자고 본능 따른 자취
가 없는 허접함이었거늘
누굴 탓하랴

빈약하던 낭만
바람 따른
흉내 아니었던가

남모를 억울함 하나 들고

하늘 원망한 건

옹졸이었을 뿐인 듯

시기 질투 모함의 화살 속에서

바닥으로 강등된 옛 승장

백의종군하던 심사를

왜 이해하지 못했을까

영웅호걸 바라지는 않았어도

할 말이 없다

할 말 있다면

'사람 됨됨이 훨씬 모자랐음'이다

2024. 11. 8.

억 새

비탈진 양지 덮은 억새밭
강가의 갈대숲
누가 누굴 닮은 걸까

곱게 빗은 하—얀 수술이 형이라면
아우는 절로 더벅머리 갈대겠지
뽀송한 흙내 맡고 자란
흙 소년 형제

결실의 무게 버거운 키다리 갈대
서릿발 억새의 은빛 꽃술
대처럼 풀처럼
바람결에 물결 일 듯
갈대 결 억새 결이 춤춘다

한해살이로 곱해살이의 기 넘봐

억새라 했나

본 데 없는 이들은

이름만으로

하늘 나는 '새'라더라만

2025. 1. 5.

새벽길

깜깜이 제치고 새판 짜는 해밝기
무명(無明) 벗는 해탈(解脫) 같다면
펄쩍 뛰겠지

밤안개 둘러선 채라도
적막강산 아니다

일거리로 하루를 당기는 이들
불걸음으로 난다
새벽내기 원조들이

늘그막에 백수 된 이도
단골 길손이다
불걸음 아니어도
보통걸음 하나는
자기 몫이니라 하는 투다

놓친 고기 아쉬워하듯

자기만의 사연 반추하는 걸음이다

'바른길 바르게 밟아왔는가'

뻔한 답에 가는 길이 흔들린다

2025. 1. 3.

약 수

고인 물은 상하니
버린다만

솟아나는 맑은 거야
왜 안 마시랴

냉수 한 바가지로
정신 차리듯
맹물도 마시기 나름

보약이 따로 없다
정신 들게 하면
약수려니

2024. 9. 28

어느 한 노인

뙤약볕 무더위로 지칠 땐
우거진 솔밭 그늘이
쉼터다

주적주적
지팡일 짚고도
힘에 부치는 노인 하나

백 년엔 채 이르지 못했으련만
동행 아니면
홀나들이는 어렵겠다

외양은 단정한 편
젊은 날 고생은 알 수 없지만
저만큼의 삶에 어이 순탄만 했으랴

바램도 회한도 다 날린 얼굴

가끔 눈길 내렸다가 목을 들고 돌린다

'뜬구름'보단 '땅 꺼짐'에

더 신경 쓰는 나이 짓일 거다

2024. 10. 12.

계절의 마디에서

노란 물감이
유치원생들처럼 줄 선
은행나무 길

절반이나 떨어진 이파리들처럼
계절은 단풍을 마감하는데
매달린 것들
'바람 앞 등불'을 알까

어디서 불어오는
엷은 홑 바람
이파리들 살갗을 어룬다

아스라이 떠나기 전
잊어야 할 사연들
다 접었을까

하얀 국화 향이라도

시인은 벌써 만났나

읊조리는 소리

"세월이 누굴 속이나 보다"란다

2024. 11. 11.

오솔길

서울 한 모퉁이엔
북악의 선물
실개천이 흐른다
잰걸음이다

새벽 따라 나직이 내린 안개
너나없이
품에 안는다

멀리서 바라보던 문수봉
봉우리로만
이웃하잔다

솔솔 홀 바람결에
촘촘히 박혀 오는
솔 향기

향기에 취한

시인

외 장승이다

2024. 10. 16.

뫼의 무게

떼구름 허리춤에 두른 뫼
압도할 덩치로도 가리는 건
예절 밝아선가

준령 거느렸건만
위에 하늘 있어
늘 내색 없는 묵언일 따름

바위와 잔솔 어우러진 멋만으로도
봉(峯) 위엄 돋보인다만
겸손까지 익힌 위엄이라니

믿음직하게도
선 자리 하나만으로 만족하고
불평 없는 뫼

아 뫼 친구 삼아온 인생이고도

잔머리 굴리며 헤맨 얼룩이

부끄럽다

세월 얼마나 더해야 이를 경지일까

2024. 3. 23.

남과 함께하면서

아침 바다

개천서 물장구치던 솜씨로
바다에 뛰어든 날
짭짤함 맛보기에 지쳐
반듯이 누어 바라보던 하늘은
또 다른 출렁임이었지

수학여행 같은 한산섬 뱃길은
시골뜨기 지식의 확인 길이었거니
적의 주검 딛고
승전고 울리던 영웅들
자랑스런 조상이었음에
배고픔 날린 건 아직도 살아있는 기억

고작 돛단배 젓던 실력이
손수 만든 해양선 팔기 바쁜 것도
배고픔이 일군 전설일 듯

수평선 너머로 펼쳐진

오대양 누빌 배포가 더 고프다

배포 놀랍게 키운다면야

하늘로나 잴 만큼의 마음 씀이겠거니

바다 마음의 크기로

마음을 바다 크기로

호젓이 '아침에 듣는 소리'로다[1]

2025. 1. 3.

---

1) 공자는 "아침에 도(道)를 들으면 그 저녁에 죽어도 좋다"고 했음

탈 난 세상[2]

바람 타고 오는 말들

아니면 말고란다

난데없이 공중에 띄우는 말들

안 떠주면 그만이란다

달콤히 취하게 하는 말들

속 안 보이면 끊더라

어지러이 홀리는 말들

끝내 속지 않으면 음험한 독침 세례다

모두가 탈 쓰고 놀아나는

탈 난 꼬락서니들

목숨 부지하자면

얼 차리고 넋 챙겨야겠다

발등에 불덩이 떨어진 판

단맛에 취하는 꿈은

하룻강아지 짓일 뿐이다

---

2) 옛 4.19를 떠올리자니

이상(理想)인 듯 그려낸 그림조차

불의의 욕망으로 조작된

탈인데야

어쩌겠나

천지가 진동할 '뇌성곡'

벼락 치는 변주로 새 힘 돋고

탈바가지 단숨에 깨부술

그런 곡쯤 내지 않고야

뭔들 쓸모에 딱 들어맞겠나

2022. 4. 19.

잡것들

열사인 체 지사인 체
애국 하나에 몸 바칠 인물인 체
체가 차고 넘치는 세상이다

용서 못 할 짓거리들
속속들이 협잡꾼 주제인데야
어처구니없고
기가 찰 노릇이다

겉 다르고 속 다른
인격 밟아 팽개친 쓰레기
잡것들아

헷갈리지만 그것도 잠시
알 사람은 다 안다
일러 '하늘을 속여라'다

오천 년 쌓아온 슬기

오천만이 지닌 총명이

멀쩡하게 속속들이 꿰뚜느니라

2024. 12.

술수 세태

짐승들도 한 가지 재간은
갖추었다
먹이잡이 기술이지

반인반수(半人半獸)는 그게 더하다
양심 밟은
속임수 굴리는
술수의 능란함이라니

좀팽이 차림의 큰 도둑일수록
술수 바탕의 책략이
엄청나다 겁날 정도다

출세 앞세우고 난무하는 술수들
술수끼리 치고받다가
검은 책략 앞에서

목숨마저 잃는 참상 더는 볼 수 없구나

짐승만도 못한 간교한 인간 도둑아

도둑이 되었을망정

애당초 몰랐을 리 없지

너희라면 '신(神)의 한 수'라 감탄할

충격, 그게 바로

못된 술책 깔끔히 털어낼 '정의(正義)'

철퇴보다 더한 '사회정의'인 것을

2024. 11. 10.

거 울

투박한 소년 자주 거울 앞에서
머리 매만지고 스킨로션 찾으면
영락없는 사춘기지

여인네들 아침마다
거울 속서 만난 얼굴로
세월 읽다가
자기 각성으로 건너는 일도
드물지 않지

자기를 객관화하여
평가하게 하는
거울

그것 중 가장 큰 건
역사 꿰뚫는

일러 『자치통감』 같은 서적이지

역사 자체를 하나의 거울로 삼는데야

혼탁한 세태 극복하려

시대전환 꿈꾸는 이들

왜 역사의 거울 앞에 서지 않나

크막한 거울로 덕성 넘치는 인격 이뤄

인간 본보기로 우뚝 설

또 하나의 거울

'귀감(龜鑑)'까지 되어주길

바라고 바라거늘

2025. 1. 5.

누굴 탓하랴

타박타박 비탈길을 오른다
드문드문 불 켜진 터널 같은
희미한 산골길이다
가야 할 데가
이리 먼 곳인 줄 몰랐다
지쳐가는 삭신인데
얼마쯤 더 가야 하나
물어본다
"얼마 안 남았어요"
더 분명한 답을 듣고 싶다
"조금만 더 가면 돼요"
정확한 답은 없나
"거의 다 왔어요"
무슨 답을 더 구하랴
답 나무랄 일 아니다
막차에라도 올랐어야 하는걸

놓친 게 실수였다

다 내 탓이다

2024. 7. 14.

무심결에 떠나는 여로

어디 가고 싶은 데가

떠올라서가 아니다

훌쩍 떠나 스치는 차창 밖

산천과 함께 훌훌 달리고 싶다

그게 부자연하면

오솔길로 들 거다

무르익은 곡식들

고개 숙인 벼 이삭을

쓰다듬고 싶다

동산을 끼고 돌아

우거진 숲엘 들면 더 좋을 거다

날아가는 산새들

잔걸음 치는 다람쥐

눈인사로 반가움을 대신할 거다

장대보다 훨씬 크고

인간 수명보다 몇 곱절 더 살고도

기운차게 뻗어나는 거목을 우러르련다

흘러 흘러 낮은 데로 임하는 소리꾼

맑고 찬 물 흐르면

목젖 뒤로하고 귀 뿔부터 내릴 거다

이끼를 주름처럼 단 계곡부터 마른 영마루까지

뫼의 온 무게 감당하면서도

내색 없는 천만년바위

그에겐 늘 닮고 싶어 만나길 기다려 온

나그네의 속내를 밝히리라

마음을 주고받으리라

2024. 9. 1.

새해도 그 소망

타고난 지정학적 악조건이다

집안싸움 하다간

음험한 이웃 손아귀 덮친다

실제 사실이자 역사로 본 교훈이다

얼마나 죽고서 찾은 나라더냐

보물마다 다듬어야 빛나듯

나라도 마찬가지 이젠 나라 빛내기다

급할수록 차분히

얽힌 타래일수록 가닥마다 손대야

풀리더라

딴전 팔거나 아웅다웅할 겨를 결코 없다

엿보고 엿듣다 그물치곤 목줄 던지는

그게 밖 마귀 근성이다

네 탓 내 탓하다가

갈라서고 패거리 싸움하다간

쥐도 새도 모르게 삼키는 게

마귀의 먹성이다

무임 승차하는

구경꾼은 필요 없다

앞장서는 주인 행세가 긴요할 뿐이다

주인들의 합심에서

나라와 겨레 강건해짐 왜 몰랐더냐

잡생각 털고 눈치코치 돌리지 말고

해 새로 솟아오르듯

모두 함께 형제애로 뛰자

새해 새날이다

소망도 따로 없는 늘 같은 거니

2025. 1. 2.

바보 곰

흐르는 어름 덩이 타기에선

늘 꽁무니 꼴찌다

어미로선

안타깝다 못해 애처롭다

하지만 곰 자신은 늘

흡족한 눈치

타고난 재주가

물구나무서기라

역발상하는

녀석

거꾸로 하는 셈법이니

늘 우두머리 첫째일밖에

2024. 10. 29.

꿈속 꿀맛 보기

어쩌다가 만난 사람

낯익은 얼굴이면

이름쯤 몰라도

반가움이 넘실대는 마음이다

모래알만큼 아는 이

다시 만나면

웃음과 기쁨이

서로 앞선다

무슨 인연으로라도

정 나눈 이면

주저 없는 환희의 다발이고

웃으면서 세상에 나온 사람처럼

슬픔을 모르는 그

꿈으로만 살아가는 유전자던가

턱 빠질 웃음소리에
세월도 비켜 갈 인생 같다만

아, 남모르게 겪은 죽음 잊으려
꿈속서마저 꿀맛 보기로 살아가려는
사람 사람아

2024. 8. 10.

침묵 속의 바램[3]

검은 구름이 파란 바탕을 지운다

아침 같지 않은 아침

바람마저 허공 떠났다

기도하듯

침묵 속에 든다

길지 않은 짬에

지워진 바탕이 티를 낼까

파란 얼굴

얼굴이자 몸통인 하늘이

아 주춤주춤

어제처럼 돌아올

몸짓이다

---

3) 날짜가 마침 6.25더라

투명으로 통하는 푸름

푸름 하나만 바란다

하늘 가득 투명하라

온 누리 환히 밝힐 그것을

2024. 6. 25.

설악의 무게

이즈음 가까이하는 티브이
노인 취향의 '황금연못'을 연다
한 인물 소개였다

설악산에서 물건 배달하는 짐꾼
노령에 든 그는 16살부터 그걸 해 왔다
오로지 살기 위해서였고
지금도 아내와 아들이 장애인들이라
어쩔 수 없단다

일반인은 맨손으로 상봉에 오르는 것만도
땀과 힘을 다 빼는 가파른 험로
바로 거기를 매일
40-50kg 지고 4-10km를
오르내린다

화면은 커다란 냉장고 배달이었다
보통보다 갑절 이상 무거운 걸 아슬아슬하게
걸음마다 온 설악의 무게를 감당하는 듯한
금덩일 주어도 홀로는 결코 못 할 짓이었다

작은 거인
영웅적 초인이 따로 없더라
그에 대한 예우는 알려주지 않았다
부끄러울 만한 게 아닌가 싶었다

주인공은 그렇듯 목숨을 걸고 번 돈을
이웃 경로당에 기부도 한다
기부 총액이 무려 2억여

놀라 기막히게 하는 의인

그로 해서 나는 아주 작아졌으나

사는 맛만은 잡았다

2024. 9. 29.

마음 깊이 참회한다

참회록

광란의 소용돌이가 온통
세상을 어지럽힌다

점차 드러나는 건
끔찍한 야수의 살인적 본색
제 탐욕 채우기뿐이다

가짜 열사의 탈을 쓰고
하늘을 속이려 드는 광기
우두머리는
범법 훈장의 수로 뽑을 참인가

아 어쩌다 이 땅이
천당 무늬를 한 지옥으로 만드는
검은 책략에 흔들리게 되었나

애당초 나랏일은 분수에 맞지 않아

모르쇠 한

이 늙은이의 죄도 크다

침통한 심정으로

깊이 속 깊이 참회한다

2024. 12. 13.

인생의 높이

작은 소리

점점 안 들리고

큼직한 그림이라야 보인다

자질구레한 건

신경 끄고

대범(大汎)하라는 거다

대범이 담대(胆大)를

기죽이는 날 온다면야

어이 늙음을 반기지 않으랴

젊음이 넘보지 못하는

또 다른 조망(眺望)에

눈 뜨고

맴돌 듯 나이테(年輪)에 둘려

사다리 없이 오른 허공

그게 인생의 높이거늘

아 낮출 수 없듯

늘릴 수도 없는

하나뿐인 것을

2025. 1. 15.

님 생각

님의 눈에 들려고 한
광부였다

캄캄한 어둠 속에서
실낱같은 광맥 더듬어
보배로운 광석
힘겨웠던 만큼 안았다

광맥 뒤진다고
누구나 건지는 보배던가
행운의 신
님의 도움이라 여겼다

광굴에서 나온 지금
익힌 재주로
광물 뒷손질이나 한다

버겁기는 마찬가지어도

그동안 밖의 친구들은
기찬 손재주와 피나는 발걸음으로
기죽은 듯하던 님을
용틀임하는 걸출로 재생시켰다

그들에 비길 건 못 되어도
님의 축복이라 여긴
내 품 안의 보물도
다 그에게 갈 선물용이다

무엇인들 못 주랴
뒤늦은 고백이다만
님은 문무 겸비한
가난하고 의지할 곳 없는 집안

출신이다

고생을 밥 먹듯 했어도
자존심으로 버텨 온
사람 좋아하고
총명 근면에 끈기 찬
신명 나면 못 할 게 없는 그다

누가 보아도 알 수 있다
역사의 고비마다
능숙히 넘겨온 용기와 슬기에 찬
동아의 작은 거인을

아 어찌
사랑하지 않으랴
어찌 마음에 두고 새기지 않으랴

2024. 10. 2.

민(民)

바람 부는 대로
임금의 명령대로던 건
호랑이 담배 먹던 시대다

민주 시대
분명 백성(百姓)이 임금이다

헤일 수 없는 임금들
떼 지어 떼쓰느라 기를 쓴다
패거리 패싸움하기
날 다 샜다

한계치 훨씬 넘은 계기판
계기판까지 망가지는
위기다

임금 자리싸움에 거덜 나는 나라

국민이든 시민이든

엄존하는 민(民)은

어쩌라는 거냐

갈피를 못 잡겠다

'네비'에 넣은 '민'이다만

응답이 아직이다

아직

2024. 12. 29.

민초(民草) 담론

용어에는 시대적 감각이 따르나 보다
'백성(百姓)'이 그 하나다
김씨 이씨 박씨 등 성씨의 집합이니
이는 결국 '나라 사람들', '국민(国民)' 뜻이지

하지만 이는 옛날에 쓰던 말
오늘날엔 저버리려는 용어다
이유는 군주제에서 민주제로 진행된
시대 변이에 있다

왕권신수설로 가림막 치고
"짐이 곧 국가다"할 때
백성은 그 임금의 소유물
신하 이름의 한낱 '노비' 처지였으니

큰 외침 '사회계약론', '주권재민론'에 힘입은

근대화가 민주주의를 안기자

백성은 하루아침에 임금의 자리에 오른

'국민'이고 '시민'임을 과시하기에 이르렀거늘

그 자리 바뀜 여건에서

잃은 나라까지 되찾은 우리이니

절로 만세를 외쳤을 수밖에

겨레의 허리는 끊어졌을망정

가난부터 이겨내기에

우리는 혼을 빼고 기를 다 쏟았다

반세기여에 산업화의 비약 이뤄

기적 일군 '용(竜)'으로까지 대우받았으니

시민들이 '용왕'의 기분에 취한 셈

하지만 고삐 풀린 망아지인 걸 어쩐다

세계 최빈이 초속으로 진입한 선진에 놀라 범한

탈선이자 타락이던가
주권을 왕권 같은 특권으로 착각한 방탕
넘쳐나는 자유를 오용하는
민주국 주인의 추태라니

오도된 금전 신앙 그 부패한 의식이
매관매직을 마다하지 않으려 들고
심지어 범죄 혐의자가 입법부를 주름잡더니
사법부까지 사기꾼의 협잡에 폭삭 썩히곤
도대체 대통령을 감옥에 들게 했으니
누가 아니라 하랴
'나라가 거덜 날 판'
'나라 꼴이 제 꼴 아님'을

쇄신을 향한 '다잡음'이 참으로 아쉽다
현실에 대한 직시와 교정이

이처럼 화급한 때가 없었다

민주시대 '주인의식의 참신한 전환'이

무엇보다 절실히 요망된다

주권은 평등하다

불평등한 특권은 용납되지 않는다

나라의 주인이라 해 다르지 않음을 뇌자

공평한 인권과 민권을 누리는

'평민(平民)' 곧 민간(民間)이 나라의 주인

나라를 지탱하고 발전시킬 주체 아니더냐

지금 민간은 옛 '민초(民草)'와

크게 다르지 않다

비바람에 눕기는 할망정

결코 뽑히지 않아

나라의 토대를 확고히 하는

'풀뿌리 민간' 그게 본래의 민초였거니

나부터라도 민초임을 자칭하고 자처할 거다

2025. 1. 31.

시행착오적 인간론

다리 밑에 떨어진
별똥별
그게 인간이라더라

갈 길 모른 채였거니
스스로 할 게
'길 내기'
그게 운명이다

앞뒤 좌우로
온 힘 꼬부라지게 쏟아
헤치고 파고 되 파고
지쳐버리면 그뿐인가

인생 '미로 헤매기' 아니냐

무한정한

'시행착오'의 연속인데야

인간

혹시 하늘에서도 어둠결에

시행착오로

떨어뜨린 거 아닌가

2024. 7. 5.

대화 속에서 영그는 사랑

손자와 바람을 쐬던 할아버지
담 밑의 꽃 한 송이 보시곤
거 "예쁘구나" 하신다

손　　자: 저 꽃 이름이 뭐야?
할아버지: 모르겠다 나도 처음 보네
손　　자: 꽃들은 다 아름다운 거 아냐
　　　　　 저건 예쁘긴 해도
　　　　　 아름답지는 않은 거 같은데
할아버지: 느끼기 나름이지
손　　자: 예쁨과 아름다움은 어떻게 달라?
할아버지: 서로 같은 뜻으로 통하기도 하지만
　　　　　 예쁜 데다 화사한 느낌을 더 띄는 게
　　　　　 아름다움 아닌가 싶다
손　　자: 그럼 예쁨은 아름다움보다
　　　　　 못한 거 아냐?

할아버지: 그렇진 않을걸

　　　　　헌데 왜 이리 캐묻냐?

손　　자: 할아버지는 가끔 날 보고

　　　　　예쁘다고 했는데

　　　　　그게 아름다움보다 못한 건가 해서

할아버지: 아하 이건 못 하고

　　　　　낫고의 차별이 아니야

　　　　　구별하자면 그렇다는 거지

　　　　　서로 같은 뜻으로 쓰인다고도 했잖아

　　　　　아무튼 낫고 못하고로도 따져나 보자

　　　　　자 '예쁘다' 함은 '귀엽다'와

　　　　　비슷할 만큼 가깝지

　　　　　그런데 귀엽다는 건 또

　　　　　'착하다'와도 매우 가까워

　　　　　하지만 '아름답다'는 건

　　　　　귀여움으로 곧 연결되질 않아

되긴 해도

그러니 예쁜 게

아름다운 것보다 못하다고

할 수 없잖겠니

손　　자: 아 그런데 '귀엽다'는 건

'사랑스럽다'와도 가깝잖나

할아버지: 그렇지 너 그 말 참 잘했다

'사랑스러움'은

너 같은 녀석을 형용하는 말인데

예쁘고 귀엽고 착하면 물론

아름답고 사랑스럽지

헌데 내가 널 사랑하듯 누구나

실제로 '사랑하면'

그는 대체로 귀여워지고 착해지고

예뻐지고 아름다워진단다

손　　자: 그럼 '사랑하는 게' 최고네

할아버지: 허, 그런데 더 알아야 할 건

　　　　　 사랑스러움'과 '사랑하면'을

　　　　　 구별해야 해. 알겠니?

손　　　자: 예ㅡ. 사랑스러우면 사랑하게 되고

　　　　　 사랑하면 또

　　　　　 사랑스러워지고란 말이지 뭐

할아버지: 그렇지 그래. 귀여운 녀석

2024. 7. 7.

시론(詩論)

할아버지는 오늘도 어린 손자와 논다

손 자: 할아버지는 시를 쓴다면서

할아버지: 글쎄 그렇다고 해야겠지

손 자: 왜 머뭇머뭇해?

할아버지: 그게 쉬운 게 아니라서

　　　　　늘 자신이 없단다

손 자: 나 들었는데

　　　　짧은 글짓기라던데

할아버지: 그렇지

손 자: 그리고 그 글이 노래 비슷하다던데

　　　　맞나?

할아버지: 그런 게 대부분이지, 맞다 할 만큼

손 자: 노래는 아니지만

　　　　그와 비슷하다는 게 뭐야?

　　　　글이 나를 즐겁게 한다는 거야?

할아버지: 창작품인 시는 보통 글과 달리

읽어보면 일정한 음률을 느껴요

그 음률에 깃든 '독특한 울림'이

즐겁게도 슬프게도 때론 엄숙 장엄하게도

느껴져서 음악 비슷하다는 거야

손 　　자: 마음을 흔든다는 거네

할아버지: 녀석 그렇지

하지만 마음 흔듦이 좀 독특해

음악과 다르다고 하게 돼

손 　　자: 독특히 흔드는 게 뭔데

어떤 거야

할아버지: 그 독특함을 '글자 풀이'로나 할까

손 　　자: 해 줘요

할아버지 : 한문 글자 풀이다

'시(詩)' 자는

말씀 언(言) 변에 흙 토(土)와 마디 촌(寸)을

합친 거야

이런 짜임새가

시의 정체를 알리고 있단다

이는 '말다운 말을 하는 글'로서

마치 흙 속에 금과 옥이 들어있듯이

말의 마디마다 다

금과 옥 같은 귀중한 뜻

— 이른바 '금과옥조(金科玉条)라 할 것 —을

담은 글이란 거야

해서 일찍이 주돈이(周敦頤)라는 학자는

"글로 도(길)를 싣다(文以載道)"라는 언구로

'진리를 실은 것이 시'라고 했단다

때로 시가 노랫말이 되는 것도

이런 까닭이지

이게 시에 대한 한 가지 설명일 수 있어

알겠니?

손   자: 예, 나도 시를 써볼래요

할아버지 : 그러면 됐다

더할 기운 없구나

오늘은 예까지만 하고

다음에 또 하자

2024. 12. 14.

의(義) 철학

뭐라 네가 유학(儒学)을 배운다고
케케묵은 걸 뒤적이겠다니
그래 '유(儒)'의 뜻이나 아냐
옳거니 '선비'니라

도덕 군자(君子)야 연암(燕巖)에게서 쫓겨난 지
오래거늘
맹꽁이 같은 녀석 왜 하필 선비더냐
'선비정신' 때문이라
하 '나라의 으뜸가는 기운(国之元気)'임을
자처했으니

좋─지
외침을 받아 나라가 거덜 날 지경일 때
붓 대신 총 들고 의병(義兵)의 선봉에 선 기개
초야에 묻힌들 목숨 걸고

바른말 하는 결기로 해서
무관(無冠)의 제왕이라 했으니

그 대신 선비 노릇 못 할 경우엔
아예 소인배(小人輩) 무리 속에 숨어야 하느니
독배(毒杯)를 독백해야 하는걸
상상이나 했겠냐만

참여의 길 막혔을 땐 '홀로라도' 참된 길을 가야
대장부 삶 아니던가
'대장부'가 참 선비거늘
아, 다시 들어도 애가 타는 대장부 인간상

"천하의 넓은 터전을 거처로 삼고(居天下之広居)
천하의 바른 자리에 서서(立天下之正位)
뜻을 펼 수 있으면 민인과 함께 따르고(得志与民由之)

뜻을 펼 수 없으면 홀로 그 도를 행함에(不得志独

行其道)

부귀로도 마음을 어지럽히지 못하고(富貴不能淫)

빈천이라도 마음을 바꾸게 못 하며(貧賤不能移)

위압과 무력마저 굽히게 못하니(威武不能屈)

이를 일러 대장부라 하지"

이는 본디 천지와 흐름을 함께하는

맹자의 '광활한 기(浩然之気) 철학'을

배경으로 한 거야

사회 차원 넘어 우주 차원에서 얻는

'기개와 기상의 기'를

내 것으로 한 인간이야

우리로는 거의 불가능에 가까운

'멋의 극치'를 만나지

그런 담대한 기가 어떻게 내 것으로 되냐고
도(道)와 짝하는 '의(義)'의 쌓임에서 이루어진단다
사욕(私慾) 없이
상하좌우 어디로도 기울지 않는
지극히 '공정한 바름'이 그 원인일 터

삶의 진리로 상정하는 도(道) 또한 이에서는 따
로 없거니
행위로 실천해야 할 '의(義)'가 곧 '도'야
이것이 본디 올바른 행위를 지향하는 '선한 인성'
이라는 게
맹자의 철학이란다

이게 '의(義)'에 우주 크기의
굳센 기운을 불어넣은
이론의 배경이거니

유학의 철학은 예까지 이어진 거야

알겠거니 이만 하마

2025. 1. 27.

오늘 하루가

눈을 감아도

날은 밝는다

창밖에선 바람까지

무더기로 서성일 거다

기다렸다는 듯

하늘 한 켠에선 곧

불덩이의 빛살이 퍼져 나려 한다

뭉갤 사이 없다

냉큼 일어나 세월 만나

인생을 사귀라

날[日]로 맞는 오늘 하루가

굽이치는 삶의 한 여울목일 테니

2024. 5. 16.

소리꾼 맞이

밤잠 보낸 자리 털려니

창공이나 엿 보는 유리창에

검은 점 하나가 가린다

낯설어도

한눈에 알아볼 매미다

높은음자리 골라

귀 창 울리는 소리꾼

그렇지 않아도 궁금하던

한여름의 음객이

어쩌다 아파트를 찾았느냐

방충망엔 어쩌려고 기댔느냐

햇살이 널 조준할 참이다

이미 떴어야 할 너

늦잠꾸러기더냐

몸이 아픈 거냐

네 소리보다 네 안위가 더

마음 훔치는걸

하기야 온몸 꺼풀 벗는 고통을

견딘 너를 놓고

마음의 꺼풀 벗은 슬기조차 없이

허투루 난 체한 꼴이구나

2024. 7. 30.

축 시

동창생 윤사순

솔뫼 고을 남녘에 자리한
송남초등학교

솔향기 따라 한 백 년을
하루처럼 지냈어라

천 년을 내다보는 배움터

꽃다운 어린싹 가꾸는 스승
초롱한 눈망울로 배우는 제자들

함께 어울려 빛나는
별들이라네

2024. 4. 14.

아련한 흑백 영상

시름 모르던 초짜
한 학급 짝궁이었지

가벼운 눈맞춤에 붉어지던 얼굴
곱다 해서
세월이 비껴 갔을까

마음만 그날의 소녀라면
바랄 게 뭘까

동그라미 가락지
의미 몰라
'클로버 꽃반지' 받아
끼었었나

아득히 멀어진 사연들

건질 것 없어

아련한 그 흑백 영상 하나 꺼내

늘 그리움으로 읽나

순간이 영원으로 통하는

원리라도 있다던가

인생살이에

2025. 2. 22.

필자의 뒷말

자성에 따른 참회가 늦은 터에 무슨 말을 더 하겠나? 할 말이 떠오르지 않는다. 그렇다고 뒷말을 아예 치우자니 독자에 대한 예의가 아닌 듯하다.

　다 알다시피 철학은 근본 원리를 이성에 의해 추구하는 학문이다. 동양철학, 한국철학을 가릴 것 없이 이 것은 다 같은 점이다. 근본을 캐는 성격에 익숙해선지, 매사에 대한 사유에서 결과 못지않게 '동기(動機)'를, 그것도 '윤리 측면의 동기'를 살핀다. 심지어 인간에 대한 경우에도 그의 직업인이기 전에 '인간 됨됨'을 먼저 중요시한다.

　인간됨이 맑지 않거나 큰 흠이 눈에 띄면 존경은 고사하고 인간 대접 자체를 접게 된다. 그러니 윤리 차원을 넘어, '범법(犯法)'으로 얼룩진 이력의 소유자라면 더 말할 나위가 없다.

실로 안타깝게도 나라의 불행이지만, 우리 현실은 이런 오점투성이의 인물들이 너무 많다. 특별히 눈에 띄게 흔한 사례는 범법 등 오점투성이로 등장한 부정한 국회의원(?)이 정가를 휩쓰는 사실 따위로서 아연실색할 수밖에 없다. 어디 다른 나라 중에도 이런 사례가 용납되는 나라가 있던가? 짙은 한탄이 절로 나오는 현상이다.

이런 탁류의 흐름 때문에 나라는 발전의 동력을 점점 잃어가고, 단군 이래의 최대 호황이라던 선진 대열 진입마저 뒷걸음질 칠 조짐이다. 나라의 근본이 붕괴 직전의 상황인 데야. 한낱 글쟁이로 지성인인 체하는 경우라면, 수수방관하던 태도는 청산해야 마땅할 수밖에 없다. 나라 바로잡기에 글로라도 참여하고 기여해야 할 것이다. 이것이 묵은 죄를 조금이라도 용서받을 길이 아닌가 한다. 틈틈이 써놓은 참회 형식의 글을 한두 꼭지나마 독자들 앞에 어렵사리 내어놓기로 한 결정도 이런 각성과 무관치 않다.

＊
＊＊

시의 수는 50수 정도지만 종류에 따라 분류해야
독자의 이해에 도움이 될 것이다. 이에 필자는 아래
와 같이 편 가름을 하였다.

① 아름다움에 취해

② 자기 성숙을 바라며

③ 남과 함께하면서

④ 마음 깊이 참회한다.

첫째 편의 명칭에 쓰인 '아름다움'은 사람에 따라
차이는 있을지라도, 좋아하기는 거의 같다고 여겨진
다. 정처 없이 떠가는 인생 나그넷길에서 맞는 오아
시스 같은 것이 아닐까 싶다. 눈으로 맞는 '꽃다운
아름다움'을 비롯해, 가정의 어르신들에서 보이는
'헌신적 사랑'처럼 마음으로 맞는 것도 있겠고, 입맛
으로 치면 '꿀맛 같은 맛' 또한 아름다움이겠으니,
아름다움은 참으로 다 헤아릴 수 없겠다. 팍팍한
하루하루를 버겁게 넘기는데 윤활유 구실을 하는

아름다움. '수준 높은 예능의 본질'이 아름다움이라면 그것은 인간이 이루는 '문화의 정수'라 해도 지나침이 없으리라. 문화 자체가 아름다움에 취해 빚는 상징물은 아닐지?

긴 역사만큼이나 우리는 문화 민족이라는 긍지에 차 있다. K 문화는 오늘날 세계인들이 공유해 향유하느라 정신이 없다. 놀랍기도 하지만, 그동안 너무도 몰라준 것에 대한 뒤늦은 평가가 아닌가 한다. 한국의 '시 세계'도 지난날 선비 문화에 담긴 내용이 빛을 보게 되면 더욱 세계인들의 열광 속에서 공유하기에 부족함이 없을 것 같다.

둘째 편에 쓰인 '자기 성숙'도 누구나 다 바라는 것이겠지만, 특히 필자 자신이 매우 부족함을 느껴 자주 사용하는 어휘이다. 솔직한 심정으로 '평생 공부'라는 어구가 딱 필자에게는 귀에 담을 말이다. 자기 성숙을 위해서는 아무리 배워도 끝없이 모자랄 따름이니.

전공과목을 가르치다 정년을 맞고 강단에서 물러

난 뒤, 하고 싶어도 하지 못했던 시 공부를 시작하고 보니 '배움의 기쁨'을 다시 느낀다. 하지만 '시작이 반'이라면 몰라도 길은 아득하기만 하다. 만족할 수 없는 배움의 세계는 늘 보릿고개를 넘는 기분이기도 하다. 그럼에도 허전한 배고픔을 채우는 즐거움만은 부인할 수 없다.

시를 대할수록 신중해야겠고, 원고지와 펜을 잡기에 앞서 마음부터 모아야 하는 경건함에서 참으로 '자신의 성숙'을 기대하게 되는 듯하다. 이것 또한 시 공부에서 배우는 새로운 '공부 맛'인 줄 안다. 특히 중요한 것은 '인격적 성숙'이겠는데, 필자로는 이게 한참 모자람을 자인한다. 슬며시 남의 이야기하듯 '시 공부'에 대한 이야기를 늘어놓은 까닭도 필자의 이 부분의 미숙함을 가리기 위한 한 꾀부림이었나 보다.

셋째 편 '남과 함께하면서'는 더욱 꺼내기 어려운 제목이다. 두서없는 지껄임이 뻔한 점을 미리 사과하고 입을 열어야겠다. 누구는 인간을 사회적 동물이라 했지만, 필자 또한 결코 혼자 살 수는 없다. 남과 함께 살되 기왕이면 '이상적 사회'에서 살고 싶다. 무릉도원 같은 사회는 너무 사치스러워 바라지도 않는다. 다만 지난날 선현들이 꿈꾼 '대동(大同)' 사회를 그리고 싶다.

도덕 차원에서 흡족할 수 있는 조건이라야 한다. 서로 신의(信義)가 있어 대문이 필요치 않고, 인간을 인격(人格)으로 대하면서 상부상조해야 한다. 부지런히 일하면 '침식 걱정'을 할 필요가 없어야 한다. 늙고 병들어도 외롭지 않게 지낼 수 있는 '사회보장제'가 갖추어진 사회를 바랄 따름이다. 여기에 한 가지 더하자면, 마음에 여유가 있어 '문화생활'을 즐길 수 있어야 한다. 이쯤이면 무엇을 더 바라겠나?

하지만 우리 현실은 이와는 너무 상반된 상황이다. 도대체 배웠다는 사람들이 이기적 욕구 충족에만 정신을 파느라 이상 사회 건설의 꿈을 오히려 망가뜨리는 데 문제가 더 심각해진다. 다 아는 사실을 장황하게 뇌고 싶지도 않다. 다만 한 가지 밝히자면, 함께 꾸는 '꿈 없는 인생과 사회'처럼 허망한 것도 없으리라는 그 점이다.

　넷째 편 이름은 '마음 깊이 참회한다'라 했다. 남과 함께 산다는 것은 알게 모르게 남의 도움을 받는 것이다. 부모 형제에게서, 이웃이나 친지에게서, 스승에게서 도움을 받고, 병나면 의사 간호사에게서 크게 도움을 받는다. 밥 먹기, 잠자기, 심지어 놀기조차 남과의 관계에서 이루어진다.

　그럼에도 필자는 남들에게 도움을 주기는커녕 도움받은 사실조차 자주 잊는다. 마치 받아놓은 숙제나 풀면 내 할 일은 끝난 듯이 손을 털어왔다. 직업으로 주어진 일, 그것이나 하고 나면 사회와 나랏일은 내 분수에 넘치는 것이라고 여겼다. 정치는 정객들이 할 일. 나는 그 비슷한 것조차 할 주제가 못된다고 판단했다. 알아서 잘들 해주겠거니 그게 전부인 듯이 지내왔다.

　흙탕물이 튀어 입성 망침을 겪고서야 '그게 아니구나.'였다. 나라가 '빚더미'에 신음하고, 이웃 나라가 이 나라를 통째로 넘보는 '위기'임을 알고서야 정신이 든 셈이다. 너무 무심했음을 뉘우치지 않을 수 없다. 내 나라의 주인이 마치 '주인은 따로 있는 듯이' 한 생각이 큰 착각이었다.

시민 또는 국민으로 산다는 것이 본래 '함께 주인 행세'를 해야 하는 것임을 잊었었다. 더구나 지성인은 재야에 묻혔더라도 선비와 같은 무관(無官)의 공인(公人) 아닌가? 자기 자신이 지닌 '공인적 신분'에 대한 소홀은 무지 이상의 자학에 속한다고 할 수 있다. 자신의 공인 신분을 알면서도 그 책무를 다하지 않음은 나라에 대한 죄가 아닐 수 없다. 도대체 남의 말을 할 여유가 없다. 필자 자신부터 늦게나마 '공인적 책무를 자각'하고 '진솔한 참회'를 하고 싶다. 이것이 넷째 편 이름을 '마음 깊이 참회한다'고 한 까닭이다.

이로써 필자는 졸저를 '낸 의도'와 함께 '편 가름 성격'까지 밝힌 셈이다. 하지만 필자 자신의 시 또는 시 구절에 저 '네 가지 성격'을 실제로 잘 묘사했는지에 대한 자신은 없다. 본디 현실감각의 둔함을 스스로 느끼고 있기 때문이다. 해서 현실이 지닌 문제에 대한 정답은 고사하고, 응답의 근처에라도 접근한 것이 보인다면 다행이라 여긴다. 되풀이지만, 현실 진단 오류의 그물망에 걸려 오답이나 하지 않았으면 하는 바람이다. 독자의 판단을 기대하면서, 필자의 빈약한 시들에 대한 너그러운 질정을 기다릴 따름이다.

참 회 록

펴 낸 날 2025년 03월 17일

지 은 이 윤사순
펴 낸 이 이기성
기획편집 서해주, 이지희, 김정훈
표지디자인 서해주
책임마케팅 강보현, 이수영
펴 낸 곳 도서출판 생각나눔
출판등록 제 2018-000288호
주   소 경기도 고양시 덕양구 청초로 66, 덕은리버워크 B동 1708호, 1709호
전   화 02-325-5100
팩   스 02-325-5101
홈페이지 www.생각나눔.kr
이 메 일 bookmain@think-book.com

• 책값은 표지 뒷면에 표기되어 있습니다.
  ISBN 979-11-7048-854-5 (03810)